# Racconti di campagna

*Erica Dota*

*Un grazie a Valeria Carlino per le sue storie di famiglia.*

# LA PROCESSIONE

La notte era lattiginosa come un bicchiere di quel latte denso che il fattore lasciava con mal garbo ogni mattina sulla soglia di casa loro e il vento spingeva di tanto in tanto qualche grumo di quella nebbia contro le imposte.

Nel periodo di Ognissanti così erano le notti. Ancora non tanto fredde, per quello bisognava aspettare Novembre inoltrato, ma umide da desiderare di non dover mai cacciare il naso fuori di casa.

Mara non era come le altre che di quei tempi avevano paura di chissà cosa. Se ne stava attaccata al camino per tenere la pelle all'asciutto, non certo per le fantasie di qualche strega o fantasma.

Ma tempo non ce n'era poi molto per starsene ancora nel letto. Presto quella nefasta campana avrebbe suonato ancora la sveglia.

Il corpo di suo marito, rannicchiato su un fianco, emanava un calore invitante, e decise di approfittarne avvicinandosi un poco. Dovevano essere circa le quattro.

Era alle cinque che arrivava la sveglia. E poi l'acqua gelata per togliere il sonno dal viso, il tegame del latte sul fuoco, svegliare il marito, un sorso bollente di latte col pane e di corsa nel campo. Il momento arrivava sempre troppo rapidamente.

Ma caspita… era presto davvero.

Resa esperta dalla ripetizione quotidiana di quegli eventi, da quei risvegli notturni segnati dal rumore del vento, era certa di avere ancora a disposizione almeno un'ora di sonno.

E invece, suonò la campana.

Era tutto sbagliato, tutto più storto del solito. Dovevano essere stati i fagioli che avevano avuto per cena cui aveva aggiunto, sicuro, troppe cipolle a lasciarla stonata e stordita, tanto che neppure il suono della campana pareva quello di sempre. Pareva invece più acuto e aggraziato, quasi un suono di campane di messa.

Abbandonato in fretta il conforto di quel tepore fece uso abbondante di acqua ghiacciata sfregando il viso in su e in giù, fosse mai che qualche residuo di quell'intontimento le si attaccasse addosso, e le ubriacasse la testa nei campi. Diamine, non ce n'era proprio il bisogno!

Eppure non erano i pochi, familiari tocchi di sempre, bruschi, uguali.

Continuava quello scampanio che poi, strano a dirsi, a quell'ora, con tanta insistenza, avrebbe dovuto avere la meglio anche sul sonno pesante di suo marito.

Un suono quasi danzante, avrebbe voluto dire, non fosse stata tanto di cattivo umore per la stanchezza: un suono di festa.

Il latte era già sopra al fuoco e aveva già incominciato a tirar fuori la panna.

A quel punto chiunque di noi, mie care, miei cari, avrebbe abbandonato le proprie incombenze per vedere cosa diavolo stesse accadendo e perché il mondo avesse deciso di mettersi a dare una festa ad un'ora così disgraziata.

Mara si stropicciò gli occhi due volte e, per essere proprio sicura, ancora una terza.

Era una bella processione quella che sfilava davanti ai suoi occhi. Bella quasi come quella di Maggio, quella della Madonna, la sua preferita.

Un bagliore circondava i fedeli, una luce di pietà e di mistero, una specie di alba che si insinuava per forza nel buio e nell'umidità della notte. D'altra parte, nella mano sinistra di tutti i presenti figurava una torcia, una bella torcia.

Anche il canto che sillabavano piano avrebbe proprio potuto giurarci di non averlo udito nemmeno una volta.

Proprio lei che non ne mancava una nemmeno per sogno.

Che scherzo era questo?

L'avrebbe sentita Don Gianni!

Organizzare una processione… così bella poi… così tanto maestosa senza dir nulla a lei che per fare quelle cose lì, potete scommetterci, non si era tirata mai indietro. Si trattasse di aggiustare le vesti, spolverare la statua del Santo, comperare candele, su di lei avevano sempre potuto contarci.

Perché mai le avevano giocato quel tiro così di cattivo gusto proprio non sapeva spiegarlo e non poteva negarsi però, non certo senza fastidio, un sincero stupore per una cosa così ben riuscita.

Quando mai i fedeli avevano accordato così bene le voci nel canto?

Quando mai, pur essendo vestiti tutti diversi, avevano formato nell'incedere un quadro così armonioso, così ordinato, e poi chi erano? E perché avevano tutti aderito con tanta obbedienza?

Erano loro, sì, Mara poteva intravederle alla luce delle torce, le sagome familiari: i fedeli di sempre. Non che riuscisse a dirvi, da dietro alle imposte, nomi e cognomi perché era certo troppo lontana, ma non mancava nessuno. Gente che aveva visto mille volte a mille funzioni e non uno aveva mancato all'appello, buttandosi giù dal letto e cacciandosi fuori nell'umido della notte, senza far storie.

Oh certo, non c'era un minuto da perdere.

Bisognava vestirsi di corsa e andare subito in chiesa, a domandare perché nessuno l'aveva avvisata, col rischio di farla trovare da sola nel campo come un torso di broccolo.

C'era proprio qualcosa di strano, che adesso prendeva corpo nel fatto che il vecchio orologio batteva le tre.

Le tre!

Eccola lì completamente vestita, sul tavolo due tazze di zuppa di latte, e non era proprio per niente l'ora di andare nel campo. Né tantomeno quella di mettersi a fare una processione, davvero.

La signora Mara, che non si era mai lasciata andare a spavalderie, si cacciò addosso il mantello e uscì fuori nella notte buia, e non importava quell'ora indecente: bisognava davvero capire cosa fosse quella diavoleria, cosa si fossero messi in testa, i parrocchiani.

La strada della chiesa era una salitella in pietra e mentre Mara la percorreva, affannata, buttava gli occhi su quella bella fila che scorreva, un po' a valle, come un fiume pigro che scorreva da mille anni.

Nessuna nuvola di fiato usciva dalla sua bocca e neppure dalla bocca dei fedeli, anche se le voci si levavano chiare. Tutti tenevano il muso ben stretto dentro al mantello.

Eppure qualcuno le era più familiare. Non tanto perché riuscisse a vederne il volto, quanto perché qualcosa dentro di lei le diceva che lo conosceva bene, che la conosceva bene. Oh, ma state tranquilli, avrebbe presto saputo i nomi di tutti quanti, di tutti quelli che l'avevano esclusa da quella festa!

Che brivido le veniva quando cantavano!

Non le pareva proprio una delle canzoni di Don Gianni, neppure quella delle novene, nemmeno una di quelle che stavano preparando per il Natale.

Era dolce, ma le lasciava un rimescolio dentro, come venisse dritta da un altro mondo.

Sotto le dita infreddolite si aprì cigolando la porta della piccola Chiesa.

Avrebbe creduto di vedere Don Gianni coi paramenti, pronto ad accogliere la processione, i fiori disposti tutto attorno ed il resto, ma neppure una delle cose consuete era a posto.

I vasi dell'ostia completamente ricoperti da un panno, tutto vuoto, spento, tranne una luce di candela, di una candela che, cercando, cercando, non riusciva a trovare e le lucine dei ceri sul fondo.

Non c'era calore seppure le finestre, ben chiuse, lasciavano l'umidità e la nebbia di fuori.

Tutto era tanto spettrale da lasciare Mara confusa, un torpore… per un attimo credette di essere ancora nel letto e di stare sognando.

Era invece ben desta e le fu confermato da una figura ricurva che se ne stava ad un angolo, sull'ultima panca, nel pio atto della preghiera.

Di questa il nome lo conosceva, sicuro. Lo indovinava dal cappotto, dalla forma del cappello, da quel modo singolare di stringersi il bavero attorno al collo. Doveva giusto avvicinarsi un poco. Preso coraggio, anzi, andò a sedergli si proprio accanto.

Era il vecchio Berto, quello da cui andavano a macellare il maiale.

– Piccola Mara…

La voce era velata, come se tutta la nebbia di quella notte avesse deciso di cacciarglisi in gola, collaborando a quell'aria spettrale e tanto distante dalle cose terrene.

Ma certo… distante. Distante almeno due anni.

Ma che cosa gli prendeva pure a lei? Era matta? Non sapeva forse che il vecchio Berto era morto? Che lo avevano trovato addormentato sulla sedia a dondolo e che erano due anni giusti che il maiale dovevano macellarlo da soli?

"Piccola Mara", così la chiamava, perché le voleva bene e la conosceva, fin da bambina.

La "piccola Mara" non poteva più muoversi, pareva avesse le gambe inchiodate alla panca, tanto terrore le aveva messo in corpo quella figura che intanto, invece dell'umano calore, sembrava emanare da sé un gelo, un freddo come di tomba.

– Scappa, piccola Mara, non devi stare più qui! Te lo dico: non è posto per te!

Le gambe si staccarono d'improvviso e una furia cieca la spinse fuori, sul sentiero di pietra: il mantello penzolante su un lato, il fiato che usciva fuori come il fiato di un pazzo e si aggiungeva alla nebbia.

– Non guardarli, piccola Mara! Non parlare con loro!

Le ultime parole di Berto, le ultime che la raggiunsero dietro alle spalle, poi la strana visione di quello strano interno di chiesa sparì, e Mara fu inghiottita dal buio.

Era già quasi a casa, già vedeva la porta, la fiamma del focolare acceso, dietro la finestra.

Il lento fiume scorreva ancora, questa volta a sinistra e il canto senza nome pareva adesso ancor più lontano, ancor meno di questa terra.

Che nessuno la biasimi, la povera Mara perché cose come

quelle non capitano davvero tutte le notti. Beh… non riuscì infatti a vietarsi un ultimo sguardo.

Pareva dunque che il fiume avesse cambiato il suo corso e i fedeli, invece del fianco, porgevano ora la schiena affrettandosi a un punto lontano, opposto a quello in cui, presto, sarebbe spuntata la luce dell'alba.

Ma la figura di ciascuno di loro cominciava ormai a sfumare nei margini, a perdere il proprio contorno e le torce mostravano, a un tratto, la trasparenza dei corpi.

Fantasmi. Fantasmi che ogni fiammella di torcia, quando guizzava un poco più forte, faceva quasi sparire contro lo sfondo del cielo nebbioso. Morti. Morti, più morti del vecchio Berto.

La piccola Mara chiuse bene la porta. Si arrampicò dentro al letto.

Lei era diversa, non aveva paura. Non era paurosa come tutte le altre.

Cinque tocchi. Cinque tocchi di campana gravi, rozzi, puliti. I soliti tocchi che chiamavano ai campi.

Suo marito grugnì, al suo fianco.

# ZIO GIACOMO E IL SUCCO D'UVA

Lo Zio Giacomo non lo voleva nessuno.

Non lo volevano ospite a cena, non lo volevano a colazione, alla raccolta del grano, ai battesimi, ai matrimoni, non parliamo poi se, disgraziatamente, doveva chiedere di fermarsi per qualche giorno.

Era sgradito soprattutto ai vecchi: la nonna, il nonno prima di morire e più di tutti la bisnonna Lucia, che al solo udir nominare il suo nome alzava gli occhi al cielo come se aveva sentito parlare del diavolo stesso e si agitava sulla sediola di legno come se c'aveva le pulci. Ma tanto, se decidevate di farvi coraggio e di domandarle qualcosa, non rispondeva.

Si sapeva, di lui, che era un uomo di tutt'altro livello. Non certo un contadinotto cresciuto a pane e patate come tutti loro, no, lui aveva studiato. In un certo paese lontano che Vattelapesca, tanto nessuno sapeva il nome o dove diavolo stava.

E poi aveva molte esigenze, come d'altronde le hanno tutti quelli che vengono tirati su a bocconcini di carne e bevande da festa, con quella puzza sotto al naso che hanno sempre i signori.

Si diceva, infatti, che zio Giacomo non era contento se non gli si metteva davanti, a pranzo e anche a cena, del succo d'uva freschissimo, di quello più buono, che prima di tutto non si trovava certo tutti i periodi dell'anno.

Oh, se vi capita di trovarvelo in mezzo ai piedi, vi consiglio davvero di procurarvelo, per non dover inciampare in quei suoi musi lunghi che, lasciatevi dire, non volete conoscere proprio!

Tanto gli piaceva, quel succo benedetto, che ne aveva una fiaschetta sempre con sé, infilata in qualche angolo del vestito. E di certo non era, su di lui, la sola stranezza che si andava dicendo. Ma certe erano tanto grosse che non vi credereste nemmeno voi.

"Zio Giacomo" lo chiamavano tutti, anche se non si sapeva

di chi fosse lo zio. Certo è che se eravate voi i disgraziati, dovevate ospitarlo, non potevate mica dire di no! Perché era tanto importante (così si diceva) che vi sareste tirati addosso un gran disonore a scacciarlo.

Perché era capitato proprio a Maria di ricevere quella lettera, né io, né voi lo potremo mai dire, come neppure possiamo dire perché di notte spuntano le stelle nel cielo o perché qualcuno ha più fortuna di qualcun altro.

Il fatto era che su quella lettera c'era scritta la data in cui Zio Giacomo sarebbe arrivato, con parole per bene, le più per bene mai viste scritte da qualche parte. Doveva essere un uomo davvero ben educato, che dava disposizioni perché tutto fosse ben pronto, che faceva notare quale onore era per la famigliola incontrarlo, che aveva persino avuto una parola gentile per la padrona di casa. "La più gentile tra le ospiti", aveva scritto con quella scrittura tutta a svolazzi.

Maria, non sapeva il perché, ma era tutta confusa.

Chi mai era stato a mettere in giro quelle voci cattive?

Un uomo del genere! Che si dava tanta pena nell'avvisare e nel ringraziare gli ospiti che aveva scelto!

Era un poco sudata, tutta stravolta.

"Sono proprio una sciocca! Sto qui ad agitarmi come una sposa e Zio Giacomo arriverà tra tre giorni! Tre giorni soltanto, Santissimo il Cielo!". Un poco però era avvampata dentro al corpetto, sotto al vestito. "Bisognerà prendere della carne buona, tirar fuori le lenzuola dalla cassapanca e il succo d'uva. Santo Antonio Benedetto! Aiutami a trovare del succo d'uva o non saprò come fare!".

Quella fu la serata più bella che Maria ricordava. Persino più bella di quando si era sposata, tanti anni prima, al Casale Grande sul fiume, e avevano mangiato le fettuccine col sugo e bevuto vino per tutta la notte.

Per quella cena, la prima, il giorno d'arrivo dello Zio Giacomo, la famigliola aveva fatto ogni possibile sforzo e il risultato poteva considerarsi ben riuscito davvero.

C'erano due polli, belli grassi, e tutte avevano dato una mano a cucinare i contorni: patate, broccoli, funghi di tutte le qualità, per non dire del vino. Era stata tirata fuori una bottiglia di quello buono. Più di tutto però, ciò che faceva gongolare Maria era quella caraffa di succo d'uva che in febbraio era praticamente impossibile da trovare. Ma lei si era mossa per tempo: un fattore lo aveva detto ad un altro, che lo aveva detto ad un altro ancora, ed ecco che erano saltati fuori da qualche parte due grappoli d'uva fresca e ne era stato cavato il succo, tutto quello che si poteva.

Maria non riusciva a spiegarsi perché, pur essendo appunto in febbraio, sembrò a lei e anche a tutte le donne di casa, di trovarsi travolte come da un vento di primavera.

Così era Zio Giacomo quando parlava e si animava a quel modo durante la cena.

Solleticava, stuzzicava prima l'una e poi l'altra, ti travolgeva in una baraonda di chiacchere birichine, come quella brezza calda che ti scompiglia i capelli. Ti incuriosiva, ti pizzicava, ti spingeva a ficcare il naso di qua e di là, in certa roba di cui non avresti mai preteso di saperne niente. Tutto appariva come un mutare di mille colori: come quando dalla tempesta il giorno diventa all'improvviso sereno.

Ed ecco che vi domandavate per un momento dove vi trovavate, se era proprio vera quella circostanza che vi procurava tanto piacere, e quel discorso così stravagante che non avevate mai creduto di poterlo sentire. Il vino scorreva, tutti passavano grossi pezzi di pollo di qua e di là, così che subito c'erano due piatti di ossa tutte scoperte.

Ma non si capiva come Zio Giacomo poteva mangiare, dato che ora lodava questo, ora quello, ora faceva i complimenti ad una signora per la bellezza dei suoi capelli… tanto che potevate giurare che non aveva proprio mangiato o bevuto per niente. Se non per la brocca di quel succo d'uva di cui era rimasto un dito soltanto, che nessuno aveva osato toccare, e per quei due pezzi di pollo che erano spariti appena toccato il suo piatto, in modo così elegante, senza nemmeno una macchiolina di unto a sporcare la bocca, o un ossicino nel piatto!

Tutti si trovarono nel proprio letto senza capire come ci erano finiti dentro e soprattutto in quale momento, tanto erano storditi dal vino e da quell'eccitazione mai vista.

Era certo che lo Zio Giacomo era l'ospite migliore di tutti, davvero il migliore che si poteva desiderare.

Maria pregustava infatti il momento della colazione.

Voleva domandare a Giacomo tre o quattro cosette che ancora le pizzicavano sulla lingua. Quei pettegolezzi piccanti che non aveva avuto il tempo di gustarsi a fondo.

Ma se era stata quella brezza tiepida e maliziosa a carezzarli a cena, pareva adesso, quando lo Zio era entrato, che un vento gelato occupava la stanza, tanto cupo era il suo modo di fare e tanto livida l'ombra nera sotto ai suoi occhi.

– Avete dormito male signore? Zio caro? – provò a domandare Maria, un poco delusa per la festa che vedeva spegnersi prima ancora di cominciare. Ma non osò aggiungere altre domande, ben sapendo per un certo turbamento che non sapeva spiegarsi, che nemmeno a quelle prime lo Zio avrebbe risposto.

D'altra parte, non è che si poteva fare tutte le sere quella baraonda. Per cena aveva pensato ad un pugno di broccoli da cucinare con i fagioli, ma l'umore di Giacomo la metteva tanto in subbuglio che si domandò se non era il caso di cavare qualche soldo dal materasso e procurarsi di nuovo un pezzo di carne, tanto non le staccava di dosso quegli occhi vogliosi e scontenti mentre spazzava sul pavimento, mentre batteva il lenzuolo, mentre rigovernava l'acquaio, come se fosse un pezzo di carne lei stessa. Oppure guardava un punto lontano come preso da una certa strana nostalgia, oltre i filari di vite, giù, verso la campagna.

Si era sentita così tanto rimescolare lo stomaco per tutto il giorno, che si decise a chiedere al Casale vicino un pezzetto di quell'agnello che avevano macellato da poco. Servito semplice, con qualche patata, forse bastava a levarle quegli occhi amari da sopra la pelle.

– Perché non andate a gustarvi un ovetto fresco? – tentò di

convincerlo prima di andare. Chissà se lo svago di quella merenda non poteva far sentire di nuovo lo Zio un poco contento di stare al mondo.

E infatti Giacomo si rianimò, come qualcuno che torna a casa da un viaggio lontano, cacciando il muso fuori da un banco di nebbia. Ringraziata Maria con la sua solita maniera per bene, si trovò subito davanti al pollaio come se ci era balzato, anche se nessuno gli aveva detto dove si trovava. D'altra parte, un uomo così intelligente…

Ecco che quel quarto d'agnello o il sapore dell'uovo fresco dovevano aver compiuto il miracolo perché Giacomo si trasformò se mai era possibile, quella sera, in un ospite ancora più straordinario della precedente.

Già mentre la carne rosolava sul fuoco le due figlie più giovani erano tutte un guizzo di fiamma, un poco per il calore e tanto per i racconti dello Zio, così invitanti, curiosi, proibiti, che ne volevi subito un altro come ciliegie mature.

Ma la bisnonna Lucia non ci trovava nulla da ridere e se ne stava all'angolo del camino come una castagna avvizzita. E Giacomo non la guardava mai diritto negli occhi, per non pestar forse qualche callo dolente.

Ah! Se qualcuno di voi fosse stato lì!

Non si può dire come accadono certe stranezze ma Maria era sicura che al mondo non c'era altro che quel piacere, quella tavola che si animava tutta per il fascino di quell'uomo: girava, ballava nella sua testa come la fiamma del fuoco, insieme ai resti del vino tirati fuori dal fondo della damigiana. E poi tutti a letto e fu il giorno seguente.

E il giorno seguente aveva un cielo che non le piaceva per niente, grigio come gli occhi di Giacomo, che quella mattina erano di un grigio come la carne di un morto.

Ma tanto non si potevano far più troppi complimenti. Quel giorno si tirava avanti a fagioli e cipolle e purtroppo non c'era più traccia di succo d'uva.

Lo Zio non spiccicava nemmeno parola e saltò il pranzo senza che nessuno lo andò a chiamare. Fu chiesto alla piccola

Gianna, quella che aiutava a cucire, di andare a vedere se si era appisolato in camera sua, ma questa scappò senza nemmeno provarci, spaventata da quegli occhi infossati.

E dagli che nemmeno dal pomeriggio sembrava di poter cavare niente di buono!

Un cielo nero, pieno di ogni cattiva intenzione spingeva sopra la testa, e nemmeno un pochino d'uva si poteva andare a cercare. E neppure l'odore di pioggia bastava a giustificare il terribile stato delle due figlie giovani, Lina e Isabella, che avevano un'agitazione addosso che nessuno aveva mai visto.

L'una pensava, pensava e si arrovellava dentro la testa che pareva che da quel suo tormentarsi dipendevano la vita e la morte. L'altra camminava in su e in giù come un assetato tra quattro mura, che non poteva raggiungere l'acqua.

– Quando viene Zio Giacomo? – domandavano e la bisnonna Lucia scuoteva la testa.

Ma quando la vecchia se ne andò pigramente al pollaio, a controllare le galline, ritornò poi con un viso bianco come le uova che teneva in braccio.

Due galline erano stecchite non si sa come, e Maria sentì un brivido lungo la schiena.

Ecco poi che cominciò a piovere e tutti volevano cenare presto, per scacciare quella giornata malefica nel dimenticatoio, che Giacomo avesse voglia di presentarsi a tavola oppure no.

Si presentò, invece, un po' ricomposto. Sempre nero e scontroso come scavato dentro da un qualche male, ma un poco diverso.

A Lina e Isabella dedicò persino qualche parola, un sorriso, uno scherzo, che loro bevevano come gocce d'acqua in mezzo al deserto.

Non toccò cibo ma ringraziò con tanta educazione, una cortesia maligna. Nessuno aveva creduto davvero che avrebbe mangiato fagioli e cipolle, "e chi se ne importa!" pensò esausta Maria. L'indomani se ne sarebbe partito.

– Chiudi la stanza delle ragazze. Chiudile a chiave! – disse poi la bisnonna Lucia a Maria che la guardò come una pazza, e la mandò pure al diavolo.

– Ora fa come ha fatto a Marietta! Ora fa come ha fatto a Marietta! – ripeteva la vecchia da un'ora.

Ma c'era la cucina da rigovernare prima di andarsene a letto, altro che stare a pensare alle sue bizzarrie! Ché si era ficcata in testa che era stato Giacomo a portarsi via la sorella tanti anni prima, la bella Marietta, che se ne era scappata con quel signore con la parlantina senza dir niente a nessuno. E non era tornata, nemmeno per sogno! Era sparita da qualche parte così balorda e fuori dal mondo che non si erano ritrovate nemmeno le impronte dell'asino lungo la via.

La pioggia batteva più forte sulle persiane di legno. Tutta la casa era sconquassata dai tuoni. E pure la testa della bisnonna doveva essere zuppa di acqua, a pensare che Giacomo le aveva portato via la sua cara Marietta quando, sì e no, doveva aver gli anni di chi è stato appena avvoltolato dentro alle fasce.

Maria si svegliò alle tre del mattino. Si tirò a sedere sul letto. Poi chiuse gli occhi e si riaddormentò.

La colazione fu rapida e frettolosa.

Tutti avevano un'ansia in corpo di sbattere fuori di casa lo Zio. Per sempre, se possibile.

Lina ancora era a letto e Isabella non era mai stata così. Maliziosa, strana, come piena di un'indecente malvagità, con quelle risate scomposte che pareva che non aveva più da perdere nulla.

– Lina ha la testa vuota! Vuota come una noce! – diceva, e rideva – Lina dorme ancora! Dorme ancora come una povera matta!

Giacomo salutò con freddezza. Era freddo come il mattino invernale sbucato fuori da quella pioggia. Solo le labbra erano rosse, di un rosso malsano.

"È succo d'uva", volle giustificarsi Maria, con quella parte ancora innocente della sua testa.

La testa di Lina non era vuota come un guscio di noce, non era matta.

Quella testa non la videro più perché non era più sul

cuscino. Se ne era sparita insieme col corpo che aveva raggiunto lo Zio, in qualche posto maledetto che non poterono più ritrovare.

La fiaschetta del succo d'uva l'avevano vista invece un mese più avanti, quand'erano andate a pulire il pollaio. Secca, asciutta come le ossa di un vecchio. Senza una goccia di succo, se ce n'era mai stato.

– Come a Marietta! Come a Marietta! – borbottava la bisnonna Lucia, ogni volta che si sentiva puzza di temporale. E guardava lontano.

# IL VIANDANTE

Chi non ha provato lo stato d'animo di vedere l'ultimo moccolo di candela, al calar della notte, giusto in tempo per rammendare le calze e poi subito spento, della farina che va scemando nel vaso e dell'olio di cui resta soltanto una pozzetta nel coccio, non può comprendere lo stato d'animo di quella sera.

Quelle notti spediva tutti a dormire presto, con la giustificazione che arrivava il freddo e perdeva il sonno con gli occhi attaccati alle poche braci del focolare che languivano ancora di un poco di rosso.

In qualche modo si doveva fare.

Il lamento spettrale del gufo sembrò voler dire invece che non si poteva proprio far niente.

Se si fosse data una mossa con il rammendo… magari poteva prendersi qualche lavoro per qualcun altro, roba di cucito… ma i bambini avevano fame.

Avevano avuto fame già quella sera e la precedente. Aveva dovuto contare i fagioli nella minestra e i più grandi avevano le calze ridotte come la pelle di quelle salsicce secche che si mangiavano per il Natale. In quei Natali dove il campo non aveva fatto i capricci, dove il tempo era stato buono, dove tutto era andato nel verso giusto.

Alle tre in punto il gufo si era zittito e il fuoco era muto come una tomba.

Si levò un vento che passava sotto ai buchi della porta e alle soglie scalcinate delle finestre, un vento leggero tutto fatto di freddo e di nebbia. Uno dei carboni riprese vita e brillò di un rosso più rosso che mai, poi si spense. Tutta la brace era tanto gelida che si trascinò a letto. Poche ore di sonno gelato e scontento, ed ecco il mattino.

La porta sbatteva sotto il vento di un'alba grigia, anticamera di una giornata fredda e senza il minimo raggio di sole.

Tutti correvano ai mestieri e ai campi, tranne i piccoli che ancora se ne stavano avvoltolati nelle coperte.

L'ombra di un uomo raggomitolato in un mucchio di panni si stagliò contro la porticina e succhiò via quel sentore di luce che consentiva di non sbattere il muso a destra e a sinistra.

Qualcuno doveva proprio averle assestato un bel pizzico dietro alla nuca, per il brivido che provò.

Ma era solo un vecchio viandante di quelli che ricordava fin da bambina e chiedevano qualche volta un pezzo di pane.

Certo quella era una giornata curiosa, bisogna dirlo, per chiedere proprio a loro ed era pure un giorno curioso per andarsene in giro, con quella pioggia fina che ti infilzava come una lama e quel cielo che pareva che avesse dimenticato di fare giorno.

E pure quel vecchio sembrava fatto di nebbia, per come leggeri si muovevano i piedi quando lo spinse fino alla sedia di legno, e che voce! La voce di chi ne aveva viste di tutti i colori.

Qualcosa le fece annodare un nodo nel petto quando ringraziò per il pane (poco più di una crosta raccattata dalla dispensa, che lei gli aveva porto vergognandosi un poco).

E come capiva! Come comprendeva i loro problemi!

Doveva aver avuto una qualche famiglia. Bambini, una casa caduta in disgrazia, denaro…

Ah! Dannata la sua fantasia!

Stava tanto a fantasticare da diventare maleducata. Se magari si fosse data un po' meglio da fare avrebbe potuto cavare qualche goccia di latte da dentro la stalla, da quella mucchetta stanca, invece di starsene ad arrovellarsi il cervello.

In un attimo sollevò il secchio da sotto all'acquaio ma quando girò la testa credette di essere matta e volle ripetere il gesto tre volte.

La faccia rivolta contro l'acquaio e poi girata di là, verso il tavolo con le sedie: una, due, tre…

La stanza era vuota come ogni mattino da quando aveva memoria dell'alba.

Nemmeno il puzzo c'era più del viandante.

Neppure il fango dei piedi che si era sparso sotto la sedia.

Vai poi a capire il perché, non era affatto sorpresa.

Era calma come era stata calma qualche ora prima, come il silenzio delle braci spente, come quel focolare morto.

E neppure le parve strano quando la testa le disse di andare a guardare. Di guardare dentro al vaso delle monete che era vuoto dal mese di Agosto.

Ora brillava di uno strano brillio, di un raggio di luce sfuggito alla nebbia catturato dal vetro della finestra.

Pesava come se fosse pieno.

# IL SOGNO DI GASPARINA

Le cose filavano lisce, lisce come l'olio e l'ago se ne andava in su e in giù disegnando i punti più perfetti che si fossero mai visti su una camicia da notte.

Come scorreva bene la tela in mezzo alle dita! Una tela leggera, comprata al mercato quando anche le giornate avevano incominciato ad alleggerirsi e il cielo si era scrollato di dosso le prime cortine di nuvole nere.

E come cadeva bene il pizzo del collo! Roba raffinata, raffinata davvero.

Ah! Gasparina non aveva alcun dubbio: la cara Lucia sarebbe rimasta proprio con un palmo di naso.

Come avrebbe riso di gusto a quegli occhi sgranati, alla bocca spalancata davanti a un regalo tanto importante!

Nulla a che vedere con il vaso da notte certo bello, grazioso che aveva ricevuto dall'amica a Natale, o con le pantofole di feltro grigio. Davvero, ai regali di Lucia non si poteva proprio rimproverar nulla… ma quella! Quella doveva essere uguale alle camicie da notte delle regine.

Quella sera pure le cadde la testa sopra il lavoro e sognò Lucia che apriva l'involto di carta velina, che faceva un salto per la sorpresa, che danzava tutt'attorno alla stanza con la bella camicia di velo e lei rideva, rideva.

Ma ecco che d'improvviso il solito sogno prese una forma diversa.

Ecco che qualcuno dalla casa accanto bussò alla porta con tre colpi duri e Gasparina alzò la testa dal panno e si accigliò un poco nel volto.

– Che c'è?!

– Dovete venire subito Gasparina, Lucia ha bisogno della camicia da notte!

Era un volto che non aveva mai visto prima. Come poteva credere alle sue parole?

Ma così avveniva nei sogni e lei certo, in quei giorni, ne faceva di strani, sempre con gli occhi che le dolevano e la testa pesante, per cucire a quel modo fino alle prime ore della mattina. Così rivolse a quella figura la risposta sdegnata che le si conveniva:

– Sì sì, grazie tante. Quando la camicia sarà pronta lo saprò bene da sola.

Era così che si doveva fare con quegli inganni. Con quegli intrusi che si facevano strada nel dormiveglia, ché se ci si metteva a dar loro ragione chissà quali stranezze avrebbero proposto la prossima volta.

Erano sonni così rapidi poi! Perché la sedia era scomoda e la testa finiva per ciondolare a destra e a sinistra, tanto che il più delle volte era proprio quel dondolio a risvegliarti o il legno duro che ti indolenziva la schiena, o il tremolare della candela che in qualche modo riusciva a ficcartisi dietro agli occhi.

Così subito riprese a cucire e riuscì a terminare tutto il colletto. Ma la porta batté di nuovo, era piuttosto stanca. E di nuovo dovette rimandare quell'intruso che non conosceva per la sua strada.

Sarebbe stato meglio andarsene a letto se doveva continuare ad addormentarsi a quel modo: restava ormai solamente un moccolo, poco più di un avanzo di cera.

Certo, se avesse attaccato pure i bottoncini dei polsi avrebbe terminato del tutto. Tanto valeva tenere testa al richiamo della stanchezza.

Bussarono di nuovo alla porta e le parve di risvegliarsi da un sonno più lungo.

E infatti il moccolo di candela non c'era più, c'era soltanto il piattino sporco e una tenera luce illuminava la stanza. Pallida proprio come la luce dell'alba.

– Gasparina! Gasparina!

Questa volta l'intruso aveva il volto del vicino di Gasparina, il fornaio.

– Correte subito, dovete vedere Lucia!

– Portate pure quella bella camicia. Ne avrà proprio

bisogno.

Gasparina abbassò gli occhi sul grembo.

La camicia tutta ben rifinita col collo, i polsini ed i nastri nel punto giusto era solo da avvolgere nella sua carta.

Il regalo era pronto.

Le campane suonavano a morto.

A chi poteva toccare? Non c'era nessuno, in quei giorni, che fosse malato e i vecchi morivano sempre d'inverno o nei giorni della canicola, quando pareva che l'aria diventasse vapore appena toccava la polvere della strada.

Dalla casa di Lucia le persone uscivano piano, a coppie o a gruppetti di tre. Altri entravano invece, nella stessa maniera composta.

C'era tanto silenzio.

Alcuni portavano fiori.

Gasparina stringeva al petto l'involto. La carta crepitava un poco contro al vestito, coperta solo dal canto dei primi uccelli, sui rami.

Il Cielo sapeva quanto era stanca.

Quello che ci voleva era un sonno lungo, lungo tutta una notte.

Quando fosse scesa la notte Gasparina avrebbe sognato ancora Lucia, che danzava con la camicia addosso.

Forse pure, stavolta, con qualche angelo attorno.

# L'ULTIMA DELLE STREGHE

*Uno, due, due, tre*
*Un gradino per il re*
*Un gradino per la sposa*
*Nel giardino un fiocco rosa*
*Dolce bimba fai la nanna*
*Ti darò zucchero e panna*
*Una torta tra le viole*
*Miele, mandorle e nocciole*

Certo è che pareva proprio uno scherzo!

Doveva essere un tiro della nonna quello lì, di tormentarla a quel modo dentro la testa con quella canzone di quando era piccola e le faceva fare le scale a tre a tre.

"Se canti questa i piedi volano", ed era vero.

Peccato però che gli otto anni erano passati da un pezzo. Era tutta sudata.

Aveva proprio otto anni, l'ultima volta che si erano viste.

Poi loro erano scesi giù a valle.

Almeno così, diceva la mamma, erano riusciti a cavarsi un poco dall'imbarazzo perché la nonna era strana davvero, con tutte quelle canzoni e medicamenti e cantilene e "gira due volte e poi batti i tacchi" e "guarda all'insù" e poi "guarda in giù" e "butta del sale"… e chi più ne ha più ne metta.

Ed avevano poi cominciato a sentirne pure di peggio.

Come la storia di quella volta a Santa Lucia, che pareva che il nonno fosse uscito di senno.

Si diceva, in paese, che l'aveva trovata di notte, sulla scopa per ramazzare il cortile.

Stava lì con due o tre della sua stessa età, uguali a lei, di qualche altro paese, "con il diavolo in corpo". Così dicevano tutti.

Bisognava davvero andarci, stavolta.

D'altra parte, c'erano da firmare quei documenti.

Avevano rimandato tante, tante di quelle volte, per la mamma non c'era un momento che fosse giusto.

"Silvana è una strega!"… "È una strega"… "È rimasta lei sola"… "È l'ultima di quelle lì"… "È l'ultima strega"… ricordava le voci, doveva essere molto piccola.

Voci di uomini adulti. Il dottore, il fornaio, un uomo grasso e sudato che tagliava pezzi di carne e la mamma che diventava nervosa, ficcava la carne dentro la sporta e se ne andava con gli occhi bassi.

C'era solo la mamma.

Non c'erano altre sorelle o fratelli, come in quelle famiglie piene di zii che preparano il cenone a Natale e di domenica si vedono a messa.

La nonna aveva avuto una sola bambina, poi "il pozzo si era asciugato", diceva qualcuno con un lampo di cattiveria negli occhi, e non c'erano stati più bimbi.

D'altra parte la nonna usciva di notte per andarsene chissà dove, lo sapevano tutti e, per quanto tentasse di non ricordarlo, pure lei l'aveva sorpresa in un angolo qualche volta, che recitava delle filastrocche. Ma non erano come quelle che si imparavano a scuola. Erano strane, e ti ubriacavano dentro come quando facevi un sogno, se le ascoltavi per troppo tempo, e persino le ninna-nanne, che pure cantavano tutte le nonne, non erano proprio come tutte le altre.

La nonna la stringeva sul petto e la faceva dormire. Cantava parole *strane*, parole *vive*, parole *piene*. Non sapeva in quale altro modo spiegarlo.

Cantava, cantava di erba verde, oppure di un cavallino, un cavallino che arrivava al trotto e lei piombava in un sonno vivo, un sonno vero come la vita di tutti i giorni. Il cavallo le correva incontro e poteva sentirne l'odore del fiato, il rumore degli zoccoli sulla strada, fili d'erba sulle piante dei piedi e il vento che passava *davvero* sulla sua pelle…

Invece lei di bambini non ne aveva avuti per niente, nemmeno al costo di fare impazzire tutti i dottori giù, nella valle, a sforzarsi di tentare tutti i rimedi, di provare tutte le medicine del mondo.

"Il pozzo si è prosciugato". Si infilava nei suoi ricordi la frase maligna, ogni volta che un nuovo medico scuoteva la testa. E di certo in paese, sulla montagna, nessuno aveva perso l'occasione di dire che lei e la mamma erano nate solo per qualche diavoleria, ché le streghe di bimbi, di bimbi che nascono come si deve, non ne possono avere.

Vero è che la mamma aveva pianto a lungo, quando era arrivata lei. Lo diceva suo padre, e non aveva mai avuto il coraggio di domandarne il perché…

*Uno, due, due, tre*
*Un gradino per il re*

Proprio quella. Proprio quella doveva tornarle in mente, di cantilena. Che scherzo! Chissà come se la passava la nonna con quei mali alle ossa, con nessuno che domandava mai se avesse un qualche bisogno.

Ma ecco la casa, era tutto uguale: il tavolo ruvido, il piccolo armadio con le erbe medicinali, il gatto intruso che rubava un pezzo di cacio, la nonna che lo picchiava con la ciabatta.

Una cosa però, a dire il vero era cambiata: la nonna era diventata piccola, una piccola prugna tutta rigata.

L'aveva guardata a lungo, come a scavarle sotto la pelle e non le era piaciuto. O un po' forse sì, non era sicura. Così la guardava, quand'era bambina, e sapeva subito quale tormento si nascondeva dietro ai suoi occhi. Se era stata una buona giornata, se qualcuno l'aveva fatta piangere, se gli altri bambini le avevano fatto i dispetti.

La serata fu tutto un impasto di storie e ricordi. La sentiva mentre girava la zuppa, che piangeva dei soliti guai. Del nonno che voleva fuggire e gli era mancato il coraggio, a lasciarla sola sulle montagne. Però alla fine c'era rimasta, e tutti dicevano che era matta. Giusto qualcuno con la febbre alta bussava alla porta, ogni tanto, d'inverno.

Presto arrivò il sonno, un sonno che schiacciava come un manto pesante le braccia e le gambe. "É un manto di strega", diceva sempre la nonna, "il sonno ti avvolge col suo manto fatato".

D'un tratto si sentì come se avesse ancora otto anni. Non esisteva la casa, il marito, la vita giù a valle.

Tutto lì, tutto ciò che esisteva da sempre e nient'altro.

Ma quando era bimba – d'improvviso il ricordo le tornava alla mente – bussavano anche delle giovani donne.

Di una di loro rivedeva il viso. Aveva un viso così delicato. Doveva essere non tanto più grande di lei.

La nonna gettava dei fiori in una tazza da tè e la porgeva alla signorina. A quella bimba cresciuta con gli occhi freschi di pianto.

*"Una Morte, una Vita. Una Morte, una Vita."*, ripeteva la nonna, e cadeva una lacrima dentro al liquido caldo.

Gli occhi ormai si erano fatti pesanti, i ricordi sembravano venire da un sogno.

– Ora beviti questo, scacciamo via la stanchezza!

Una tazza, fiori gialli nell'acqua bollente.

– *Gialli, gialli come il sole d'estate, i dolori se li prendon le fate.*

Non c'era stata una sera, una sera sola, una santa sera che la nonna non avesse detto quelle parole.

Le aveva preparato la solita stanza, la sua. Si sentiva già preda del sonno, ancor prima di entrare nel letto.

La piccola mano, ruvida, tutta deforme, portò via la candela ed ecco, nel silenzio, arrivare la nenia:

*Uno, due, due, tre*
*Un gradino per il re*
*Un gradino per la sposa*
*Nel giardino un fiocco rosa*
*Dolce bimba fai la nanna*
*Ti darò zucchero e panna*
*Una torta tra le viole*
*Miele, mandorle e nocciole*

Ed ecco che una ragazza, poi dieci, poi cento, salivano la scala che portava al paese.

*A tre a tre*
*A tre a tre*

Come voleva la nonna, facevano tre scale alla volta, la nonna cantava la cantilena.

Certe ragazze avevano il velo da sposa. Altre avevano i fiori gialli, in mezzo ai capelli.

*Gialli, gialli come il sole d'estate, i dolori se li prendon le fate*

E la nonna era di nuovo giovane come una volta, alta, i capelli neri sparsi sul collo, i muscoli sulle braccia. Le ragazze erano felici e cantavano.

*Gialli, gialli come il sole d'estate*

E subito cresceva loro la pancia come un pane gonfio.

Dopo, il sogno piombava in un nero profondo, come un sasso risucchiato da un pozzo. Ali frullavano, cadevano giù fino al fondo del buio. Ali nere. Ali di corvo.

Le campane, lontano, suonavano a morto.

Era tardi. Mancava poco all'ultimo autobus.

"Vedrai, di sicuro c'è qualcosa per te!" aveva detto la nonna nel darle un ultimo sguardo e aveva fatto quegli occhi che brillavano di furbizia. Quegli occhi che ricordava bene, e le facevano un po' paura.

*A tre a tre*
*A tre a tre*

Perché diavolo scendeva le scale a tre a tre?

La scala era lunga. Più lunga di quando l'aveva percorsa all'arrivo, ne era sicura.

Lo zaino pesava, era di nuovo sudata.

Ma ecco qualcosa sopra ai gradini, sugli ultimi tre, e la pancia che si torceva in un'orribile nausea.

Un corvo morto, morto stecchito.

Le campane suonavano. Suonavano a morto, nella chiesa sulla sinistra, accanto al piccolo cimitero.

C'era qualcosa, qualcosa nella sua pancia.

Come un tremore, come una scossa.

"Come uno sbrilluccichio di scintille", diceva la nonna, quando parlava di qualche magia.

Logopedista, educatrice professionale e appassionata di letteratura per ragazzi e non solo, Erica Dota è autrice di romanzi per ragazzi e racconti, tra cui *Lo strano caso di Armando il terribile Armadillo* e LA VENDETTA DELLE CINQUE GIUSTIZIERE - *I misteri di Villa Fiorita.*

*Libro autoprodotto da*
*Erica Dota*
*ericadota@hotmail.it*

www.ingramcontent.com/pod-product-compliance
Ingram Content Group UK Ltd.
Pitfield, Milton Keynes, MK11 3LW, UK
UKHW021933190726
13853UKWH00004B/1424